청어詩人選 199

내 혼을
사르는 불꽃

조
춘
화

시
집

청어詩人選 199

내 혼을
사르는 불꽃

조춘화 시집

시인의 말

이 책을 세상에 내어놓으면서 부끄럽고 또 대견하다. 소녀적에 시인이 참 아름답게 보였고 시인이 되고 싶었다.
늘 마음 한 귀퉁이에 애잔히 남아 틈틈이 담아 놓기도 했다. 고운 생각으로.
참으로 많은 시간이 세월이라는 이름으로 흘렀다. 이제는 아름다운 시어들이 머언 뒤안길로 가버렸을까 봐 망설이는 내게 목사인 동생이 세월이 흐른 만큼 또 다른 글이 나올 거라고 격려해줘서 시작했는데, 내 시어가 다 마르지 않는 샘물로 왔다.
달밤에 지붕 위에 핀 하얀 박꽃으로 햇빛이 부끄러워 숲속에 핀 보일 듯 말 듯한 작은 꽃으로 그렇게.

많은 분들께 마르지 않은 샘이 되도록 달빛으로 수를 놓겠습니다.

조춘화(조상희)

2부   시가 흐르는 길

3부 기억창고

4부 보고 싶은 부모님

1부

아름다운 시절

고향

오랜만에 고향 찾아 열차에서 내리면
폐 깊숙이 들어와 가슴이 열리는
바닷바람 익숙한 어촌의 향기
이른 아침 먼 바다에서
잡아온 갖가지 싱싱한 생선들이
가득하던 어판장과 사람들
수평선에서 하루의 헤어짐에
손을 놓지 못하던 해와 물 이별의 순간을
숨죽이며 바라보던 날들

바다
그 끝에서부터 불어온 추위 살을 에어도
엄마 뱃속 같이 포근한

파도가
하얀 포말로 부서지는 그곳
내 고향에도 봄이 가득하겠지

거기서 살고 싶다

비

창문에 비가 방울 방울
흘러내리며 그림을 그린다

산 넘어 어느 동네 기쁜 이야기
주워 싣고

건너 마을 누구네 애 타는 정 담아
창문에 그림으로 표현하고

나뭇잎 위에 사랑으로 내린다
토닥 토닥

때론 분노하여 번개로 우루루 꽝 꽝
속내를 드러내고

하늘이 뚫린 듯 물 폭탄으로
온 땅을 노아의 홍수로 만들기도 한다

이 아침 내리는 빗줄기 사이로
마음 여행한다

피어오르는 커피 향과 함께
비가 주는 이야기 속으로

추억

목련이 흔적까지도 지우고
바람 따라 어느 곳에
우아함을 내려놓고 있을까

라일락은 어느 곳에서
향기로 채운 계절을 풀어
아름다움을 뽐내고 있을까

가지마다 꽃피워 가득 품었던
그날을 부는 바람이 안고
일렁이는 바다 물결로 오는가

푸른 잎으로 가득 채운 꽃나무
시침 뚝 따고 오는 계절 속에서
눈부신 태양 품었네

여름

이글거리는 태양열로
땅 위에 쏟아져
활활 타며
아스팔트를 녹이고
저무는 석양 온 힘으로
하늘까지 태우네
거리엔 자동차 소리뿐
사람 그림자도 없다
바람도
숨이 익어 버렸나봐

신비 · 1

천둥치고 바람불어
수평선 저 끝에서 푸른 바다
한 끝자락 잡아 끌어
격렬한 몸부림 하늘 닿고
토해내는 함성은 지구 한끝을 온통
뒤흔들어 살아있음을 포효한다

물결과 바람의 격동의 연주에
신들린 춤사위 넓은 바다 위 가득 채우고
어떠한 간섭도 허락 하지 않네

어느 곳에서 그들만 아는 일로
땅을 열고 솟아 오른 붉은 빛 용트림
하늘 가르고 잿가루 뒤덮는다

억겁의 날들 서로 부대끼며
잔잔한 물결이 들려주는 교향곡 품고
지구를 돌고 돌아 여기 이 자리
깊은 상처 서로 어루만지며 억만년이네

태양은 여전히 활화산 같은
불꽃으로 뜨고
별은 빛난다

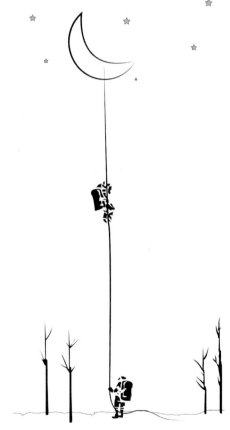

벗님들아

지난날은 물일레라
꿈도 바람일레라
손안에 있던 것도
품속에 품은 것도

오늘을 사는 그 오늘이 내 것인 것을
벗님네야
이젠 그냥 사는 것이지
아픔 있는 사람 돌아보며

때론 가슴에 허허로운 바람
일어도
아파하지 마시게나
생명조차 내 것 아닌 것을

살다보면
기뻐서 가슴 터질 것 같은
그런 날
한번쯤 와주면 고맙지

덤으로 주어진 날들
사계의 변화가 아름답고
아가들의 옹알이를
볼 수 있음에 감사하고

남은 날들 봄산에 갖가지
아름다운 꽃 보듯이
가을산 단풍 속에 있듯이
그렇게 사세나

아름다운 시절

풋풋하고 아름다운 젊음
치장하지 않아도 화장하지 않아도
산천에 피어나는 어떤 꽃보다
아름답고 싱싱한 모습들

그들 곁에 있으면 보기만 해도
그냥 좋다
곁을 지나만 가도 발산되어
전해오는 젊음 그 향기

내가 걸어가는 듯
눈에 아지랑이 피어오른다
젊어지는 듯 꿈길인 듯하다
다시는 오지 못할

눈부시도록 아름다운 시절

혼을 사르는 불꽃

어두움은 우아합니다
숨이 막혀 정적만……
손을 내밀면 깨질 것만 같아
눈이 아리게 바라만 봅니다

어두움이 눈부시게 찬란해
그 속으로 별이
쏟아져 내립니다
눈을 감아도 온통 별빛뿐

이 아름다운 밤이 다 가기 전에
영원의 약속에서 손을 놓은
별빛 속의 님과 함께
나는 한 마리 백조가 되어 춤을 춥니다

보내고 아파하지 않으려
혼을 사르는 불꽃으로
그렇게……

까만 밤이 하얗게 되도록

님아

솔잎에 눈꽃 지고
오뉴월 지나가네

하늘에 천둥 번개 치고
장대비 산과 강 훑어가고 나면

또 한해가 슬몃 슬몃
멀어지는 그림자 남기려 하겠지

달빛에 핀 하얀 박꽃
별빛 줄에 소망 걸고 꿈이 영근다

박을 켜서 햇볕 가득 담아
추운 겨울 시린 가슴에 나눠 주고

내님은 마음 남겨놓고
가진 것 다 두고 가겠지

가기로 예정된 님 보내려 하니
가슴 한켠이 비어 온다

아직 시간은 남아 있는데……

아름다운 사명

혼신의 힘으로 버티고 섰다
가지마다 흰 눈이 소복소복
속살까지 얼어 와도 견뎌내야 하는 것을

마른 나무 가지에 봄을 만드는 물오르는 소리
내재율로 흐르고
남쪽에서 따사로운 바람 불 때까지

햇살이
꽃망울을 깨울 그때까지
추위도 가슴으로 녹여야 되는 것을

잎과 꽃을 피우고 세상에 채워야 하는
아름다운 사명 부여받고
땅에 뿌리 내린 것을

모진 눈바람 아무리 추워도
생명을 잉태한 것을
겨울이 깊으면 봄이 멀지 않다고
자박 자박 새봄의 발소리 희망의 울림

나는 파란 하늘이다

뭉게구름 하늘에
둥실 떠다닌다

두 팔로 안아
가슴에 담고

쏟아지는 햇살 받아
주머니에 넣는다

구름 태양 다 가진
난 파아란 하늘이다

진주조개

왜 이렇게 큰 고통이
있는지 몰랐어
속살을 파고드는 아픔
참느라고 힘들었지

너무 아파 입을 벌려
먹는 것도 힘들었어
상처가 고통스러워도
치료도 못했지

꾹 꾹 눌러 참고 눈물 방울 방울
비명도 지르지 못했지
햇빛 한 모금 별빛 한 모금
마셔 가며 참고 견뎠지

내가 품은 것이 무엇일까

그것은 아······
눈부시고 아름다운 진주
고통이 빛으로 환하게
환희 그것이었다

나는 바다 위 파도가 되었지······

애환

- 문학상 작품

긴 그림자 고개 떨구고 말없이
걷는데
외등 홀로 동행하네

머릿속 정리 안 된 모습
등대 없는 바다 위
엔진 고장 난 배가 되어 표류한다

가야하는 곳 저만큼 있는데
길이 보이지 않는다
가슴 할켜 상채기 생겼는데 발라줄 약 없네

사람과 사람 마음과 마음이 건널 수 있는
까치새 브릿지가 없을 수도
있다는 것을 시간이 덧없이 흐른 후에나……

그건 판도라의 상자 때문일까?

젊음

두 팔 안에 뛰는 힘줄
샘솟는 의욕 있고
가슴에 끓는 피가 있어
세상이 그 가슴 속에 있고
생명의 근원 태양을
품어
활화산 같은 젊음이
눈부시다

순간

고속도로를
달린다
멈출 수 없는 풍광이
뒤로 간다

묘하게 생긴 돌산 위에 나무가
그림으로 서있고
산 사이 숲속에 서너 채 집이 있다
주변에 작은 밭도 보이고

무엇을 하며 살고 있을까
하는 생각도 잠시 또 다른 곳 나타난다
다가드는 구름 바람과 손잡고
스치는 순간도 잠깐

뒤도 옆도 안보고 바퀴 달린
자동차처럼
그렇게 살아온 날이 질풍 같이
머릿속 헤쳐온다

슬픈 모습

남루한 옷차림
손끝에서 타는 담배 연기
가늘게 허공으로
비실거리고 올라간다

천천히 걸어가는 남자
허리도 구부정
자신 없는 발걸음
추워 보인다

옛날 왕들이 다스릴
그때부터 연연히
이어져 오는 맥일까
벗어나지 못한

아픈 한이 등을 타고 흐른다
살아온 세월
자식들에게 다 내어준
빈 껍질뿐인 삶의 무게일까

접힌 날개

꺼지지 않은 불씨가
하얀 잿더미에 묻혀 있구나
뜨겁게 타오르기를 바라고

욕망은 아궁이 가득 시뻘건
불길 되어 활활 타오르고
애태우던 바람 참을 수 없어

뜻한 곳 향한 몸부림
한삼이 되고
한삼은 학이 되어

하늘로 간 심중은 날개 접고 별이 되어
밤을 낮처럼 밝히고 싶어
저리도 반짝이고 있네

구름과 바람

숲속 나뭇잎 위 켜켜이
이야기 쌓이고
바람은 이리 저리 나르려 하네

하늘 구름은 무심인 듯
흘러가다가
아픈 심정 위에 꽃비로 내려주고

남은 이야기
외로운 할머니 뜨락에
추억으로 내려놓고

전해줄 이야기 있다고
바람주머니 짊어지고
산 넘어 가네

빈 자리

코스모스 흐드러지게 피어
가을을 채우는 웃음소리
국화꽃 향기 사이로 가득 차고
하늘빛 곱디 곱다

전라도 순천 갈대밭이 눈 아프게
기다린다고 보낸 엽서 위로
갈대밭 사이 시가 적힌 팻말이
눈을 붙들던 지난날이 아른거린다

갈대숲 오솔길 걸으며 귀 기울이노라면
갈대들 노래 가슴속 스며오고
숨어 놀던 기러기 놀라
푸드득 날아오르던 그곳

바닷가 노을은 얼마나 고왔던지
지나가던 발길 붙들었지
지금 님 떠난 빈 자리
바람소리뿐

파도가 그리움의 속삭임으로
몽돌 안으로 하나 되는 모습이
먼 곳 갔던 님 반기듯 가슴 적시며
옛 이야기로 스며드는 그곳

설렘 실은 갈바람이 빨리 가자고 재촉하네

가지 못하는 구름

고운 단풍에 황홀했던 잎들이
어느 결에 낙엽 지고
노래하던 새들도 집을 비우고

싸늘한 바람결이 겨울을 담아와
바닥에 빨강 노랑 파랑 잎들에
설레던 시선들 아쉬움으로 쌓인다

풍성한 잎들로 무성했던
나무들 앙상한 가지만
마지막 잎을 붙들고 있다

품었던 가득 했던 계절을
다 잃고 허전한 맘
산마루 슬픈 가지들

싸늘한 바람이 안고 가는
구름 앗아 안고 놓아 주지 않아
구름이 가지 못하네

시간들

창밖의 세계 보려고 발 끝에
힘을 주고 발돋음을 했었던
때가 있었다

빨리 커서 키 큰 사람이 되고 싶었다
창밖엔
신기한 것 많이 있을 것 같아서

시간들이 활시위를 떠난 화살보다
더 빠르다
어느 사이 키 큰 사람이 되었네
창틀 붙든 손에 힘주고 까치발하던
그 시절이
어제 같은데 어느 결에

반짝이는 햇살이
눈가 고운 주름 안에서
해설피 웃고 있다

아름다운 길

하얀 구름 뭉게뭉게
솜사탕처럼 피어

하늘에 사랑으로 채워
보는 이의 눈과 심중에
황홀로 흐른다

살아가는 의미는 만들어 가는 것
마음먹은 만큼 생각하는 만큼
보는 만큼 그릇 모양대로

그 모든 것에 보고 싶은 넉넉한
심중 담아 보듬으며 가는 길

그 길 만드느라
나무도 보고
꽃도 보고
부는 바람도 만져보았지

매혹

어두움이 눈부시게 찬란해
그 속으로 별이 쏟아져 내리네
눈을 감아도 온통 별빛뿐

어두움은 우아하다
숨이 막혀 정적만
손을 내밀면 깨질 것만 같아
눈이 아리게 바라만~ 바라만 본다

가만히 바라봐요
당신 곁에 있어요
귀 기울여 보세요
사랑이…… 별빛으로 말을 해요

2부

시가 흐르는 길

명절

설 추석 명절이 다가오면
마음은 왜 그리 무겁고 바쁜지
음식은 끝이 없고 오랜 시간 많이 만든 것 같았는데
결과물은 두세 가지

동서들이 오면 모두 모여
한마음으로 준비 끝내고
순서 절차 마치고 둘러앉아
맛있게 먹으며 옛이야기도 하고

훌륭한 조상들의 이야기도 아이들에게 들려주고
참 좋은 집안, 역사도 알고
아이들 세뱃돈도 주는 기쁨 있는 날
이제는 내 손에서 모두 떠난 일

그때가 아련하다
명절이 아니면 언제 친족이
한 상에 둘러앉아 오랫동안
못 본 모습들 볼 수 있을까

형제자매도 안 보면 남남이
되는 세상에 고향 간다고 준비하는
마음들 참 아름답다
우리 고유 명절 조상들의
아름다운 지혜이리

지우개

하늘이 명경 같이 맑다
흔적을
바람 빗자루가 쓸며 가서

지나온 날들이
어제인 것 같아
손에 잡힐 듯하지만
가물 가물 멀어져
하얀 반달로 떠있다

시계가 쉬지 않고
똑딱 똑딱
간다

병원 표정

약품과 환자들의 처치에
필요한 부품들을 싣고 다르르 카트를
끌고 바삐 병실로 향한다

의사가 들어오면 행여 어떤 말할까
간호사가 들어오면 다 나을 것 같은 기대감으로
부푸는 환자들 표정

백의의 천사가 나간 후에도
희망이 제자리로 돌아오고
환자들 아프게 된 원인들 수다 떤다

고통도 잠시 쉰다
이야기 진통제에 취해
또 하루가 서쪽 산을 기웃한다

언제쯤 퇴원하는 날이 될까
머릿속은 통증과 상태를
의사처럼 오늘도 가늠을 해본다

상실의 시대

항거할 수 없는 현실 앞에
오열도 할 수 없어서
삶의 한 끝자락을 놓을 때가 있다

끌어안아 통곡하고 싶은데
잃어버리고도 잃은 줄 모를 때도 있어
놓아서는 안 되는 것을 놓았어

멍하니 창밖의 세계에서 시선이
갈 곳을 잃는다
언뜻 무엇인가 스친다 바람처럼

손에 잡힐 듯하다가도 스멀스멀
소멸되는 순간 헛헛하다
아쉽고 애가 타도 잃을 수가 없어

평생에 돌아올 수 없는 것을
가슴 열고 내 일생 다해 잡으려 하나
아무리 찾아도 비어 있네

사명

채워지지 않은 허전함
마음은 비어있는데
그리움이 들어와 앉네

늦가을 구름 한 점 가슴속에 있는 듯
바람이 쓸고 간 뒤의
스산함 같은 것

무엇 때문인지
구태여 알려고 하지마라
그저 있는 마음이 소중 하지 아니하냐

아파하지도 마라
본시 소중한 마음 하나 받아
어디인가에 주어야 하는 것을

바람의 속삭임

창문 가득 햇볕이 들어와 따뜻하다
봄인 듯하여 밖에 나가보니
아직 찬바람이 속살을 파고 든다

마음속엔 봄바람이 불고
거실 화초에 꽃봉오리가
봄을 해산하고 있는데

창문 밖 파란 하늘 아래는 겨울이네
지금은 두 계절을 산다고 가는
바람결이 속삭이네

겨울 끝을 북쪽으로
실어 나르는 중이라고
낙엽 속 잠자던 씨앗 실눈 뜰 준비 중이라고

그리움

글쓰기 좋은 시절을 다보내고
이제 찾으러 길 떠나본다
소중했던 묻어둔 소망 찾아
비워진 빈 세월 들고

샘솟듯 솟는 시어가
풍성했던 그 시절
퍼도 퍼도 마르지 않는 샘물 같던
반짝였든 생각들

어디쯤 흘러가고 있는지

갖고 싶었고 되고 싶었던 세계
찾아본다
다시 와줄까
그 시절이 그리워진다

지난 세월의 한 점

한여름 뙤약볕이 지나간 자리마다 바람이 출렁인다
땀방울 흘린 곳에 뜨겁게 불태운
정열이 그리움으로 남는다

하늘로부터 부여 받은 자식농사
여름날 싱싱한 줄기 속 노오란 오이꽃 피고나면
어느 사이 커다란 오이가 되듯 신기하고
마음 가득 하고 그랬다

눈과 머리는
아이들 미래의 멋지고
훌륭한 모습 상상 기대하며
재능과 장래를 살펴가며 기도하기 바빴고
보이지 않는 안개 속
소망 등불 켜고
노심초사 보살핀 군자란 싱싱하게 꽃 피웠네

아름답고 지혜로운 걸 맞는 규수 찾아
짝지어 주고자 했는데
어쩌랴
화성과 금성은 자연계에 있는 것을

뜨거웠던 여름날의 삶의 한 컷은
꿈이었나
하늘 높은 그 분께
맡겨주신 책임 다했다고 말씀드려야지

내 안의 신호등

내 마음속 길은
철로도 있고
잘 닦인 고속도로도 있다
비행기 활주로도 있다

봄 아씨 연분홍 날개옷 입고
사뿐 사뿐 눈 위를 걷는
걸음마다 파란 새싹 눈 틔우고

봄 문 살짝 열고
고운 입술 닿는 곳마다
꽃망울 만들며 어디쯤 오고 있는지 마중간다

내 마음 신호등은
파란불만 있다
별나라도 가보고
밝은 밤 은하수도 탄다

햇볕 좋은날 문득 가고 싶은
고향 바람같이 날아가
파아랗게 펼쳐진 눈부신 바다
가슴 가득 안는다

숲속에 핀 작은 꽃

젊은 날의 꿈이
시골집 지붕 위의
하얀 박꽃 같은 모습으로
달빛에 걸려있다

심심산골에 핀 작은 꽃같이
말갛게 웃고 있다
아침이슬에 세수하고
햇살 한 모금 마시고 환하게 웃는다

마르지 않는 샘물 되어
하얀 별빛 초롱 들고 낮달 함께 온다
아름다운 모습 꽃말 안고
양지 녘에 사랑으로 핀다

첫추위

쨍 얼음이 갈라지는 것 같은
초겨울 추위
하늘 가득 퍼지는 햇볕에
소리 없이 녹아들고

따스한 곳 찾아 솔솔
내 가슴으로 들어온다
옷깃을 여며 본다
빈 가슴에 찬바람이 자리한다

마음이 더 추워 마른나무
가장이에 시선을 얹어본다
잎 피고 꽃 필 때 새도 있었지
아지랑이 목련꽃 안고 피우겠지

추운 겨울 찬바람 흰 눈 녹으면
노오란 복수초 세상 구경 나오고
그때 빈 둥지 또 다른 잎이 피고
따뜻한 봄이 오겠지

시가 흐르는 길

산속 마을 숲과 나무 우거진
사이로 있는 오솔길 안개 자욱하다
나뭇잎 안개에 젖어
이슬 속에 있다
시계가 불투명한
신비가 가득한

한 발자국도 뗄 수가 없다
손에도 온몸에도
형용할 수 없는 그 무엇이
마음에 감겨든다
고즈넉한 조용함 속에
소용돌이치는 알 수 없는 것에
녹아드는 것 같은 심상
보이지 않는 물결이 바람으로 흐른다

나뭇잎
햇살을 받을 때까지
꽃잔디 무리지어 핀 조그만
꽃들이 반짝이며 부르는
합창이 들릴 때까지
안개바람 흐르는 그곳에 있었다

보석창고

담장 밑 척박한 땅 헤치고
좁쌀만 한 얼굴 내밀고
눈여겨봐야만 띄는 모습으로 피어
햇살 가득 눈부시게 웃는다

숲속에 수줍은 얼굴로
가녀리게 숨어 피어있는 풀꽃
옹기종기 모여 꽃 이야기한다
모두가 다 이쁘다고

밤새 해뜨기를 기다려
새벽 동터올 때 이슬에 세수하고
청초한 모습 햇빛 한 모금 마시고
곱게 웃고 있네

달빛 밤에 박꽃이 조롱박 잉태하고
별빛이 내려와 축복하는
새들도 잠든 밤
살살이바람 같이 잠든다

오월은 내 것이라고 흐드러지게
피어 발걸음 붙드는 장미
향기로 목욕하고 매혹의 눈길로
길손을 유혹한다

새들의 고운 소리 창공을 울려
있음을 노래로 가득 채우고
나뭇잎 풀잎 향기 품은 바람에
푸른 물결로 온다

모두가 그 자리에 있으므로
봄을 가득 채워
빛나는 아름다운 오월은
보석창고이다

삶

질펀한 바다에
보자기 펴고
하루를
주워 담는 사람아

낮은 목소리 담장되어
그 속에서 행복해 했고
잃을 수 없는 것 잃고
심장이 무너지기도 했다

하루 하루 줍다 보니
머리에 서리 내리고
빛나는 계획도 소리 없이
멀리 떠나고

상처가 가슴속 후벼 팔 때
먼 하늘 바라보며
고운 노을에
마음 실었다

손끝에서 떨어진 내혼의 분신들이
별이 되어
삶에 가득한 빛으로 채워
어제 일을 접고
오늘 또 하루를 줍는다

생명이 고귀한 시인 것을

세상에 첫 울음 터트리고
나 세상 나왔다는 선포하고
배고프면 울고 쌔근쌔근
고운 새 깃털 같은 숨소리로 잠들고

꽃보다 더 이쁜 웃음소리로 채우고
살폿 내려와 천사의 날갯짓처럼
팔다리 움직이고 엄마만 알아 듣는
옹알이로 온 가족과 소통하는
절대 권력자

초등학교 입학한다고
세상 다 얻은 감격주고
세상의 아름다움 보는 눈 가지고
세상 산다는 것

모방할 수도 없는 장대한 환희
우주의 위대하고 고귀한
저 높은 곳에 계시는 하나님
그분의 시인 것을

바람의 뒷모습

쉬임 없이 걸으며 머언 하늘 본다
가슴에 몰려드는 가쁜 숨이
힘들게 해도 느낄 겨를 없었다

보드라운 바람 저만큼 불어가고
아직 하고픈 일 남아있는데
바람의 뒷모습은 쓸쓸하다

희망 하나 붙들고 가려하는데
치마폭에 고희가 앉아있다
남은 일 마무리 하고파서

잔설같이 남은 위에
소망 하나
봄볕으로 얹어본다

달

모나리자처럼 웃고 있구나
오늘은 드러내지 않는
깊은 모습
따뜻한 미소로 은빛 날개를 펴

은근한 빛으로
어둠을 바라본다
지친 마음들을 보듬어
술래잡기하듯
미소한다

감추인 것 있는 듯이
하고 싶은 말 차마 못한 듯이
지그시 바라만 본다
알 수 없는 마음 빛으로
깊은 곳에서 고요히……

소박히 웃는 박꽃
별빛 가득한 밤
은은한 미소로
달빛 함께 모나리자처럼
웃고 있다

작별인사

2018년이 간다고 십이월
한 달 동안 작별 인사를 한다

헤어지고 싶지 않은데
자꾸만 간다고 하네

이별이란 말이 추위보다
더 시리다

또 만나자는 인사는 못하겠네
영원히 만날 수 없을 테니까

아듀……

봄

어느 결에 빗장을 열고
침입한
추위를 잠재운 포근함

함초롬 밤새도록 내린 비 맞고
봄이여 환희로
피어나라

언 땅 녹이고
추위로 덮었던 대지 위
아름다운 옷으로 단장하고

움츠렸던
마음속에
찬란한 생명으로 피어나라

구름 친구

머루 다래 빨간 까치밥나무에
가을이 영글어 자리하고
산새 소리 가득하다

울긋불긋 수채화 곱게 그린
나뭇잎새 마음속 내려앉고
가을 가득한 산속에 취해있다

단풍과 산새와 친구하고 싶은
구름이
단풍 위에 앉았다

편한 찻집

서울 한 복판에 있는 커피집이다
이름 있는 큰 건물에 있다
그 흔한 클래식 음악 한 소절 없다
그래도 있을 건 다 있다
점심도 있다 뷔페로

사람들 소리로 시끄럽다
밖에서 만든 이야기보따리를
이곳에 와 모두 풀어 놓는다
속상했던 가정사 건강
오랜만에 만난 반가움 등

젊은 사람 별로 없다
모두 지긋한 나이를 품은 사람들
옆 사람 별로 개의치 않는다
시끌 시끌 해도 안 들리나 보다
모두 그러하다

오래 있어도 아무도 눈치 주지 않는다
가슴속 켜켜이 쌓여 있던
하고 싶은 말 다 하고
밥 먹고 커피 마시고
다음에 여기서 만나 인사하고
자리를 뜬다

빈자리

코스모스
흐드러지게 피고
가을을 채우는 웃음소리
국화꽃 향기로 가득 채우고
하늘빛 곱디 곱다

전라도 순천 갈대밭이
눈 아프게
기다린다고 엽서 보냈네
갈대밭 사이로 시가 적힌 팻말이
눈을 붙들던 지난날이 아른 거린다

오솔길 걸으며
귀 기우리노라면
갈대들의 노래 가슴속 스며오고
숨어 놀던 기러기 놀라
푸드득 날아오르던 그곳

바닷가
노을은 또 얼마나 고왔던지
지나가던 발길 붙들었지
지금 님 떠난 빈자리
바람소리뿐

파도가
그리움의 속삭임으로
몽돌 안으로 하나 되는 모습이
먼 곳 갔던 님 반기듯 가슴 적시며
옛 이야기로 스며드는 그곳

갈대들의 노래가 있고
푸른 바다 물결 위 갈매기들이
춤추는 남쪽
님 그려 가지 못하는 안타까움
가을 속에서 마음만 바쁘다

매화

그리움 가슴에 품고
매운바람 타고
조심조심
걸어온 너

잔설 위에 부푼 봄꿈
봉오리로
가지마다
앉았네

살포시 열린 꽃잎
미소 띤 고운 자태
기다린 님 앞에 수줍은
매화

쌓인 정 그대 향한 정절로 풀으리

흔적
– 문학상 작품

삼년 전 멀리 여행을 떠난 남동생이
넓은 선인장 화분 한 귀퉁이
수박씨를 심어 놓은 것이 싹이 났다

흙을 파고 계란을 깨뜨려 묻은 곳에
물을 주었더니
곁가지가 새로 나와 쑥쑥 자라났다

뾰족한 선인장 가시 곁에서도
날마다 무리 져 푸르러 가는 모습
보고 싶은 동생 본 듯하다

이제는 차마 전할 수도 없는 정
날마다 넝쿨 줄기 타고 오르며
파란 새순으로 돋고 있다

님이시여

옹달샘에 별이 가득 쏟아져
퍼다가 집 앞에 깔았습니다
우리 님 찾아오다가 행여
길 잃을까 봐

아카시아꽃
줄기 줄기 꺾어다
달빛에 별빛에 걸어두고
그대 마중합니다

식탁에 마주앉아
그대 눈동자 속에 내가 있고
내 눈동자 속에 그대 있었으면……
보슬한 숨소리 영원히 함께하고

그동안 가슴속에
묻어둔
하지 못한 말
꽃잎으로 풀어 놓으리

그대 없어서 가지 못한 곳
어디든 길 떠나자
우린 시간을 가는
나그네

그 끝에서 그대와 나 안아보자

가을 뜨락

생각에 잠겨 바쁜 걸음들
단풍 느낄 겨를이 없어서일까
가을을 밟고 간다

바람 계절을 쓸며 가고
구름 둥실 떠가네
낙엽향이 마음에 젖어든다

뜨락 단풍나무
나지막이
머리 위에서 하늘을 덮고

갈바람에 떨어진 단풍잎
하늘을 배회하다 황금빛 잔디에 누워
가을과 바람과 구름을 안고 있다

3부

기억창고

신비 · 2
– 땅의 노래

태초 창조의 날에 숨결 가득하고
아담과 하와가 왔어라
하늘과 땅의 주관자의 은혜로

민들레 꽃씨처럼
멀리 가까이 그렇게
가득

꽃잎 웃음으로 내려앉고
석양이 해 그림자 만들면
나뭇잎 세계 속 새들이

세상 속으로 날아가 듣고 본
무슨 재미있는 이야기를
풀어놓고

까르르 웃음소리 하늘로 퍼지면
별빛도 모여들고
달빛도 기웃거리는

그렇게 온 우주가
생명의 환희로
가득 채워진다

봄 · 2

봄이 오는 소리 사뿐 사뿐
발소리 들리는지
귀 기울여봐

눈부신 햇살 타고
오고 있는지
햇살 속 살펴봐

아름다운 새 들의 노래로 오는지
향긋한 내음으로 오는지
저만큼 아지랑이로 오는지 살펴봐

내 속에서 환희로운
봄 향기로
피어나고 있나봐

구름

비가 쏟아질 것 같은
구름 가득한 회색빛 진한 날이다

이 끝에서 저 끝까지 헤집고 떠다니다가
지친 동료들 만나 고운 색 하늘을
이불 덮고 누웠는가

정한 곳 없는 나그네 정착하고 살고 싶어
뜰에 꽃도 심고 가족이랑……
푸른 하늘 유영도 이젠 싫다고
두르릉 두르릉 이야기한다

이룰 수 없는 염원 천둥되어 울리고
어두움 싫어 부싯돌 두드리니
광활한 구름 불꽃놀이 밤하늘 밝히네

헤어지지 말자 손잡고 다녔는데
생이별한 그리운 님 찾지 못해
애간장 다 녹아 울음이 가득 찼구나

설운 아픔 쏟는 날 눈물비로 강을 이루리

만추 그대 안에

마지막 남은 정열
홀로 피운 장미 한 송이
차가운 날 혼신으로
피어 올리는 열정
그 속에 있고 싶어라

풍성했던 잎들
앙상한 가지 끝
진한 그리움 되어
설운 아픔
푸른 하늘로 떠있네

바람 내 옛날이
전해오는
먼 곳 이야기 듣고 싶어
그 안에
있고 싶어라

단풍잎 고운색
그 속에
나 있노라
만추의 계절
나 그대 안에 있노라

여운

하늘 저 끝으로 그림자 남기고
여기 이 자리 여름이
비운 사이 가을이 넘보다
슬쩍 들어와 자리하고
물감에 붙들고 앉았네

높은 산 구름이 둘러
원무를 그리고
천상의 물감 풀어

장홍업 화백이 붓을
꺾게 한 금강산이 아니어도
수채화 눈 부시다

그 한끝을 붙들고 둘러보니
마음 가득
하늘과 구름과 색 고운 가을만 남아 모든 사람
만상홍 옆에 넋을 잃고 있네

봄의 요정

금실 은실 찬란한 빛 속에
땅의 정기 품은 바람
봄에 취해 이리 저리 헤매며
길을 잃었네

어디에서 날아와서 여기 내렸을까
차갑고 얼어있던 풀 한포기 없던
땅에 화사한 빛으로 채색하고
즐거워하는 너 봄의 요정아

보고 가라 하네 듣고 가라 속삭이네
팅거벨을 울리니 봄이 피어나네
바라보는 곳마다 화사한
꽃들의 왈츠 예서제서

잔치 벌였네
길손 마음 앗아 봄이 자리하고
진달래처럼
하늘과 온 땅에 가득하도록

이별

차가운 하늘 길에
얼핏얼핏 보이던 그림자
기다리던 소식 삭풍에 묻어
가지에 물오르는 소리

잠자던 봄이 기지개를 켜
버들강아지 실눈 뜨고 꽃바람
산에 들에 기화요초
별빛으로 오색 무지개로 오더라

바람이 봄이 왔다고 노래노래 불러
봄 안에 있으려 했는데
그동안 수상한 기미 보이더니
이제 가야할 곳 있다고 하네

이별이 싫어 더 있자고 했지
붙드는 손 뿌리치고
무성한 푸른 잎 사이로 아쉬움만
남기고 비바람 타고 가네

오고 감이 바람 같아
정 들려 하면 이별이네
쉬이 가지 말고 꿈 속 같은 향기 속에
함께 조금 더 있으련

아버지

붉게 타는 저녁노을이
하늘을 물들이네
서산에 지는 해 서럽도록 아름다워
시선을 붙들어 놓아주지 않네

백조의 날개로 여울져 오는 그리움
노을을 덮어 온다
커다란 가슴으로 가족을 보듬노라
날갯짓을 쉬지 않으셨을 아버지

지금은 고단한 생각 놓고 계실까
놓지 못하시는 자식들을 품고 계실
일찍 우리 곁을 떠나신
그리운 아버지의 심중되어
내 가슴에 아린 아픔으로 젖어온다

기도로 사부곡을 씁니다
보고 싶어 사부곡을 씁니다
회한이 피눈물이 되어
아버지께 사부곡을 씁니다

이생의 삶이 끝나면 바람같이 날아가서
그립고 보고 싶은 아버지
엎드려 뵙겠습니다
뵙겠습니다

엄마

언제나 부르면 대답하실 것 같은
찾아가면 언제나 볼 수 있을 것 같은
엄마였는데
목소리도 얼굴도 볼 수 없을 것은
꿈속에서도 상상도 못했는데

지금은 아무리 불러도 대답이 없어
보고 싶은 얼굴 볼 수도 없네
그리운 목소리를 들을 수 있을 것 같아서
만날 수 있을 것 같아서
엄마가 계신 곳 찾아가도

황량한 곳 바람소리뿐
엄마는 땅 속 깊은 곳에 누우셔서
덮은 흙이 무거워서
일어나지도 못 하시고
바람 되어 그 품으로 감싸 품어 주심니다

해드린 것 아무것도 없는데
나는 왜 그렇게 생각이 부족했는지

다시 고쳐 할 수 있는 것이
아무것도 없는데
왜 그리 바보였는지

노오랗게 떨어져 쌓인
은행잎 위에 예쁘다시며
앉았다 가자시던
파란 하늘과 빛 고운 예쁜 꽃 같은
우리 엄마

이생의 여정을 마치면
보고 싶은 엄마께 바람같이 날아가
안아봐야지 얼굴도 만져봐야지
손잡아 봐야지
목소리도 마음껏 들어야지
잘못했다고 사랑한다고 보고 싶었다고
밤 새워 밤 새워 말해야지

가을과 겨울사이

앙상한 나뭇가지 끝
애처로이 남아있던
가을이
국화꽃 향기 품어 안고

빛 고운 옷 모두 벗고
홀홀이
꿈결인 듯 갔네

만추의 계절을 잃고
아파하는 마음과 함께
스산함이 거리를 배회하며
메마른 소리로 운다

친구

물방울 모여 모여
흐르는 물줄기 따라따라
세상 구경하며 체험도 하며

돌부리 휘돌아 가다보면
아기단풍 손 흔들고
뿔뿔이 흩어진
보고 싶은 얼굴도 만나고

꽃이랑 구름도 함께하고
아린 빛 하늘도 있고
붕어도 송사리도 품어가며
살아온 이야기에 하나 되어

기쁜 일 기뻐하고 슬픈 일 함께
슬퍼하는
한동안 안보면 보고 싶은
만나면 반가운 우린 친구

그땐 그랬지
– 문학상 작품

바람 슬어지는 가을들을
가만가만 걸어가면
먼 추억을 불러오는
개울물 구르는 소리
들려온다

그땐 논물이 흐르던 곳에
양철로 지은 창고 하나 터를 잡고 있었지
긴 물줄기 받아 떨어지는 힘
검은 피대 감아 돌리던 물레방앗간도 있었지

흰쌀 콩콩 찧어내어
팥고물 쪄 내어 시루떡 앉히고
흰 쌀가루와 삶은 쑥 섞어 쑥떡 만들면
맛있는 떡 냄새에
배가 몹시 고팠었지

이젠 없어진 방앗간 그 자리
지금도 개똥쑥 향 풍겨오고
맵싸한 고춧가루 냄새 코끝에 스치는 듯
수런대는 바람소리에 철새 떼 푸드득 날아가는 곳

그땐 그랬지 그 먼 옛날엔

시 모임

어디에 숨겨져 있던
수정 같은 보석들이
아름다운 언어로 드러나
이토록 풍성한 대 향연이 되어
뜨거운 시어들의 밭이 되었나

시를 사랑하는
마음들 모여 모여
찬란한 별세계를 이룬
눈부신 터로다

보석 밭 거닐다 시들에 취하고 시인님들께 취하여
그냥 갈수 없어
가득한 내 마음도 쏟아놓아
어우러져 보고지고

야시장

회색빛 물감 뿌린 듯 시야 흐려
잿빛이다
마을 마당엔 야시장 선다고
아파트 방송 잔칫날 인양 알리고

빨강 파랑 노랑
천막이 가득
줄지어 들어선 야시장에
상품들 진열됐다

풍물시장도 아니면서
노래도 나오고
각설이 타령도 있다
맛있는 냄새도 가득하다

땅거미 기웃 거리고
어둠 밝히는 불 켜지고
한 바퀴 둘러보니
한 귀퉁이 사람 사는 모습이다

내 동무야

우리 학교 뒷동산 할미꽃 핀
햇볕이 따뜻한 곳에 앉자 봄 처녀를
함께 부르던 내 동무야
손주도 봤지
어디에서 하얀 집 짓고 살고 있는지

그리운 얼굴 보고 싶다
소녀적 꿈도 나누고
가랑잎 구른다는 말에
까르르 웃음보 터트려
그칠 줄 모르던 우리

학교 선생님 교수 방법에
평가도 내보고
베토벤 닮은 선생님도 계셨지
그 음악 시간을 가슴 두근거리며
기다리기도 했던 아름다웠던 시절

우리 학교 교문부터
가로수로 서 있던 아카시아나무
그 아래서 꽃 따 먹던 때가 있었지
오월 오면 꽃향기에 취해서
황홀한 등굣길 되고
그땐 우리 모두 꿈 많은 여학생이었지

오늘 비가 내리네
내리는 빗속에 다정했던 벗들
많이 생각난다
동창회도 안 나오고
찾을 수 없는 보고 싶은
내 동무야

비의 소나타

창문을 두드리는
멜로디
어디서부터 산 넘고 바다 건너
비파 들고 바람 타고 와 내 창을 두드려
음률에 젖게 하는가
문을 열어 보라 보채는가

푸른 나뭇잎 온몸으로 반기며
마음 속 문은 벌써
열려 있는데
멀리 갔던 내 안의 것들이
비와 바람의 연주에 돌아와
비어 있는 자리 관객 되어
마음 귀 연다

이제 연주 끝나면 어디에
바람 더불어 자리 펴 노닐까
오래잖아 하얀 눈꽃으로
온 세상 을 덮으리
고운 새 들의 노래 소리
잠시 여행 떠나도
오늘 그대가 주는 소나타

내속에 있으리니

꿈에서 봤네

한밤에 꿈을 꾸었네
먼 곳으로 작별인사도 없이
홀연히 떠난 동생을

아무 말도 못하고
그저 아프게
보기만 했네
그냥 보기만 했어

그토록 보고 싶은데
매일 매일……
그런데 손도 못 잡아 봤어
먼눈으로 보기만 했어

어디에서 어떻게 있느냐고
다시 오면 안 되냐고
부모님이랑 함께 있느냐고 물어도 못 봤네

꿈에도 못 잊는 그리운 내 동생을 봤는데
아무 말도 못 했어
아무 말도……

봄이 오는 소리

살폿 살폿 봄기운
날갯짓으로 퍼져 상큼함
부드러운 바람에 실려 오고

덮인 눈 속에서
피워 올리는
노란 복수초

소나무 가지 솔잎
하얀 꽃 머리에 이고
파란 새순 피워 올리는 밀어들

철 이른 봄새 날아와
고운 소리로 노래노래 불러
봄 마중 하나보다

봄이 오는 소리 향기롭다

언어를 짜다

내 꿈을 캐는 일은

고운 마음들
하늘빛으로 채색 하는 아름다운
꽃잎들의 노래를 수놓아
별빛에 달빛에 걸어두는 그것

고단한 마음들 모아 진주를 만드는
파란 하늘에 그림을 그리는
빛나고 빛나서 견우직녀가
오작교 위에서 만나는 길을 잃지 않게 하는

햇살로 꽃향기로 오색 무지개 수를 놓는
곁에 바람이 목을 길게 늘이고 본다
오늘도 하얀 비단 위에 수를 놓는다
씨줄 날줄로

흰머리의 자화상

생경스럽다 늘 보던 것인데
오늘따라 못 보던 것인 양
눈에 설다

언제부터인가 흰 머리카락
하나 둘 하더니 서리가 앉았다
당연히 여기며

내 얼굴에서 엄마 얼굴 보며
그랬는데
서운함을 다독이며 염색도하고

처음 본 것 같은 낯선 모습
유난히 밝게 빛나는 흰머리에
정신은 이웃 갔다왔다

어제인 듯한 젊은 날이
갖가지 모습으로
신기루처럼 지나간다

어느 사이 내가…… 처연한 모습이다

덫

그리움이 덫이 되어
잊어야 할 것이 잊혀지지 않아

세월이 줄달음쳐 가도
지난날의 한 컷은 그 자리에 있네

나를 보고 되살아나
아픔 속으로 끌고 간다
삶이 입은 한 겹 옷 일뿐일 텐데

사람이 얼마나 불완전한
인연으로 만나
사랑하며 아픔안고 사는지

미움이 사라지고 그리움 되어 손잡고
노을 속으로 녹아 든다

하고 싶은 말 바람으로 날아가지만
상처받은 마음 포근히 감싸
보호해 주지 못했네

허공에 흩어지는 이제 아픔으로 오네

겨울

그대 오십니다
바람 속에 그대 향기가 납니다
차가운 하늘가 흰구름 타고
못 잊어 오십니다

날개 달린 백마 타고
빛나는 태양빛으로
이순신 장군 모습으로
그대 오십니다

그대가 있어서 더욱
빛나는
하얀 궁전의 주인
그대

바람과 낙엽이 울리는
풍금 소리에 맞춰 세상 다 덮을 눈꽃
한 아름 선물 안고 우리 곁으로
그대 오십니다

신비 · 3

해도 달도
없을 때
세상은
어떠했었을까

어떤 완전한 지혜자와 과학자가 있어
수억만 년을 소멸되지 않는 불덩어리로
화안하게 세상을 밝혀 낮이라 부르며
밤엔 달과 별들로 저리도
아름답게 수를 놓을 수 있을까

자연에 있는 아름답고 신기한
생명 있는 것 어느 한 가지라도
묘하다
생명 없는 바위까지도

흐르며 쓰다듬어 가는
갖가지 꽃과 나무들 향기
그분의 숨결
성품이어라

수만 가지 보물을 품은
하늘을 닮아 파아란 바다
현대 고도로 발전한 과학이
만들 수 있을까

산엔 나무와 들엔 꽃들이
골짝에 흐르는 반짝이는
수정 같은 물은
그분의 가득한 사랑을 노래하네

영원히 풀 수 없는 생명의
신비는
인간들 소관 아니니
그냥 두라 하시네

신비 · 4

맑은 하늘 아래 제각각 모습대로
빛나고 있다
꽃들이 아름다움으로
드러내어 환한 웃음으로 채우고
바람이 쓰다듬어 안고
푸르름이 물결치고 있다

생명이 풀잎의 세포 속에도
맥박 함께 돌고 돌며
흐른다
우주와 같은
사람들의 육신 속을 쉬지 않고
생명이 흐른다

같은 모습 하나 없어도
생명의 순례길은
좁디좁은 혈관 속에서 같은 길을
부여받은 순리대로 부지런히 실어 나른다

살아있음에 신비가 내 안에
끊임없이 채워 흐를 것이다
여정의 세월이 있는 동안

기억창고

– 문학상 작품

휴대폰은 어디 뒀을까
안경은 또 어디로 달아나 버렸을까

서재며 거실, 안방, 책상서랍까지
온통 마음이 부산한 늦가을 오후

내 안에 자리하고 있던 것들과
한바탕 서툰 술래잡기를 한다

아, 그 아름답게 빛나던 순간들은
모두 어디로 달아나 버렸을까

오랜 기억의 갈피 사이사이 마다
붙잡고 싶었던 순간순간들

머뭇거리는 손길이
기억의 창고를 더듬는다

시간이 멈춰선 시계처럼
잠간씩
아주 잠간씩 머물 수 있기를 바라며

4부

보고 싶은 부모님

슬픈 모습

남루한 옷차림
손끝에서 타는 담배 연기
가늘게 허공으로
비실거리고 올라간다

천천히 걸어가는 남자
허리도 구부정
자신 없는 발걸음
추워보인다

옛날 왕들이 다스릴
그때부터 연연히
이어져 오는 맥일까

벗어나지 못한
아픈 한이 등을 타고 흐른다
살아온 세월
자식들에게 다 내어준
빈 껍질 삶의 무게일까

봄을 심다

밭이랑을 만들고 씨앗을 뿌려
바람의 숨결을 심는다
봄을 심는다

활화산 같은 뜨거운 열망
대지를 밀어 올려
아지랑이로 피워 올린다

종달새 노래로 가득하고
고운 꽃잎으로
햇살 속 피어나

바람 함께 산등성 넘어
개여울 건너와
봄의 오페라로 가득 채운다

불청객

찬바람에 나목들 시린 가슴
얇아진 햇살 기대어
봄씨를 안고
순명으로 꽃피고 잎 필 날 기다리는데

멀리 가까이서 훼방꾼이
심술궂게 몰려와
옷섶을 파고 드네
아무도 반기지 않는데

자연이 사람이 몸살을 앓는다
맑고 단 공기 어디가고
불청객에 싸여 공포에 젖어
모두 숨을 헐떡이며 갇혀있다

미세먼지 황사방지 마스크 쓰고
갑갑해하며 걷는다
파란 하늘 맑은 공기 소망하며
청산을 바라본다

빨래

밝은 색 빨래가 건조대에서
비춰드는 눈이 부신
금실 은실 찬란한
빛 함께 방실방실 웃는다

아지랑이로 춤추는 것 같다

얼굴에도 햇님 같은
미소가 번진다
가지런히 널린 빨래 냄새
상쾌하다

햇살과 흰 빨래처럼
머릿속에서 복잡한 것들이
맑은 하늘처럼
유리그릇이 말갛게 닦여진 듯하다

일상의 일 청소
다 해놓고 바라보는 마음 시선인 듯
기분 좋은 여유로움

창문 가득 비춰드는 햇빛 함께 즐긴다

검용소

태백산을 단풍, 숨이 멎도록 채색하고
태고의 자태로 모든 것을 포용한다
맑고 신선한 향기
황홀히 가슴에 가득하다

천지가 열리고 새암이 터져
흐른 세월 그 누가 셈할 수 있을까
물줄기 숨겨진 바위 깎아 물결로 다듬어진 병풍

중턱 옹달샘 바닥 들어난 보잘 것 없지만
하늘 구름 단풍 품에 안고
물소리만 크게 흐르네 잔잔한 물결 위
떨어진 낙엽 일엽편주로 떠다닌다

바다 한 끗 자락 되었으면 하는 아쉬움
순명으로 삼키며 거두어
맑은 물 도도히 흐르는 한강의
발원지 검용소라 부른다

한해를 보내는 정

저녁노을 붉게
물들이고
고개 숙여 그림자 길게
드리우네

빛이 있어 기쁘고 즐거웠지
내일도 환한 님으로 만날
약속
서산에 걸어두고 가네

훈풍으로 잎과 꽃을 피우고
폭염으로 여름 가을 태우고
차가운 바람 속 뜨거운 정열로 오리라
약속하는 님은 변함없는데

그님을 보내는 마음은
어찌할 수 없는 힘 앞에 겸허히
아쉬움 남기고
내일의 희망으로 보낸다

아듀……

가을

창 밖 잎새마다 곱게 물든
가을 가득 몰려와
문을 열라고
낙엽이 창을 두드린다
눈을 뗄 수 없는 고운 모습으로

해마다 잊지 않고
찾아오는 정다운 친구
문을 열어 본다
냄새 좋은 커피를 놓고 마주하고

사랑하는 그대
가을로 와 바람과
함께 잔 속에 가득 담겨
내 안에 있다

천상에서 잎새마다
한올 한올 수놓은 비단이
단풍으로 와
아름다운 계절과 함께
가을향기 속에 있다

라일락

4월이 오면
안개처럼 밀려오는
보랏빛 향기
나도 몰래 너의 곁으로 간다

마른 가지 줄기 속 실낱같은
생명으로 눈과 추위 견디며
봄을 기다리는 마음 안고 키운
수만 송이

산 넘어 따뜻한 바람에
세찬 겨울 끝자락
아쉬움 남기고

햇살 눈부신 날
몸 열어 해산한 나비들의 춤
꽃 주머니 터트려
매혹의 향으로 봄을 가득 채운다

화사한
라일락 황홀한 숨결에 취해
서산 해 지도록
꽃나무 아래 서성인다

송홧가루

오월의 하늘이 푸르다
뭉게구름 하얗게
목화꽃처럼 피어난다

장미꽃 담장을 넘어 이글거리는
태양빛에 고혹의 웃음 펴고
길손 유혹한다

송홧가루가 찾아와
하얀 창문틀에
파릇한 가루로 앉아있다

보고 있노라니 예전에 엄마가
해주시던 송화다식이 입안에 살아난다
향긋한 소나무 향이 미각을 돋우고

혀끝에서 사르르 녹던
맛있던 다식이 떠오른다
파릇한 고운 색 솔향 안고

엄마가 걸어오신다
송홧가루 딛는 걸음걸음 오월 속을
보고 싶은 얼굴로 오신다

가을 뜨락

생각에 잠겨 바쁜 발걸음들
단풍 느낄 겨를이 없어서일까
가을을 밟고 간다

바람 계절을 쓸며 가고
구름 둥실 떠가네
낙엽 향이 마음에 젖어든다

뜨락 단풍나무
나지막이
머리 위에서 하늘을 덮고

갈바람에 떨어진 단풍잎
하늘을 배회하다 황금빛 잔디에 누워
가을과 바람과 구름을 안고 있다

초록비

목마름 해갈하는 비가
초록빛으로 내려와

나무들이 풀들이
초록빛으로 물든다

나무 잎에서 풀잎에서
초록물이 뚝뚝 떨어진다

고운 색 예쁜 꽃이 지고 난 자리에
초록바람이 푸른 물결로 온다

낭만여행

햇살이 뜨거워 찾은 계곡
수정 같은 냇물이 흐르는 곳에서
마음을 풍차에 실어
둥실 떠가는 구름 배에 태워
세상 구경하러 보냈지

하늘에서 낙엽 편지가 오네
하얀 엽서도 보내오고
계절이 쉬지 않고 시간을 안고 간다고
때론 바쁜 일상에서
여유를 누려보라 하네

사느라고 느낄 겨를 없었던
묻어둔 좋았던 기억들을
책갈피 넘기듯 넘겨봐야지
차창 밖을 스쳐가는
갖가지 아름답게 변하는 자연도 함께

낙엽 편지 들고
해초 냄새 고향 향기 가득한
바다가 있고
파도소리 쏴아 쏴아 노래하는
그곳에 가 봐야지

바람

소리 없이 불어온다
흐드러지게 피었던 꽃잎 쓸어
향그러웠던 삼사월 봄 향기 품에 품고
남쪽에서 내 곁으로 날아와

가슴에 안고 온 님을
산에 들에 꽃과
반짝이며 춤추는 나뭇잎들의
노랫소리로 풀어놓았네

바람에 일렁이며 오는
보리밭 푸른 물결 위 태양이
춤을 추고 담장 안 정열의 장미
여름과 입맞춤한다

해를 안고 가는 고운 저녁노을
내 한날을 안고
산 위에 날개를 접고
소리 없이 덮고 있다

보고픔

연년세세 돌아서 오는 꽃 피는 계절 왔건만
너는 보이지 않네
오는 길 잊어버린 건 아니지?

소리 없는 발걸음으로 다가와
구름으로 머물러
하고픈 말 바람으로 남기는가

오늘도 심중에 못 다한 정
아쉬움으로 남아
하루 열두 번 안타까움으로 그린다

미안하고 애타는 보고픔
소망 담아 부친다
네가 있는 하늘로……

네가 올수 있다면 하나님께
이 생명 드리겠다
눈 가득 너를 그린다 보고픈 내 동생아

보고 싶은 부모님

아버지의 깊은 사랑
그때는 몰랐습니다
너무 철없어서

밤에 아팠을 때
깜깜한데 업고 병원으로
뛰어 가시던 기억납니다

아버지께서 읽으신 책속의
주인공처럼 귀한 사람 되라고
이름 지어주신 내 아버지

마음고생 몸고생 많으셨지요
아버지의 일생보다 많은 세월이 지난
이제 조금 알 듯합니다

아버지의 속 깊은 사랑
살아가면서 깨닫습니다
살갑지도 못했던 불효 딸이
가슴 저 깊은 바닥에서 단장의
아픔으로 용서를 빕니다
아버지 죄송합니다

가족에 대한 사랑과 그 사랑의 책임이
힘들게 하셨지요
이제야 이 마음 드려서 죄송합니다

아버지 많이 사랑합니다
사랑합니다
이 생의 삶이 끝나면 그때 뵙겠습니다
그리운 아버지

내 님

그대 오시려나
그대 찾는 마음 아시고
날 찾아오시려나

생각 않으려 했는데
다시 볼 수 없어서
때론 다 잊었는데

이렇게 문득 생각납니다
잊을 수 없다는 걸 알면서도
속속들이 다 잊으려 했는데

언젠가는 만날까
여정이 끝나면 그때
머리 하얀 주름진 날 알아보려는지

산세베리아 꽃

아침마다 순간순간
네가 파란 잎 사이로
이번엔 보일까

너를 찾는 시선이 산세베리아 잎
사이사이를 누빈다
지난 해 처음 너를 봤어

하늘에서 별빛 타고
아침에 찬란한 햇빛에 안겨
내게로 왔지

가끔 물주고 너와 눈 맞춘 것
밖에 없는데
넌 아름답고 눈부신 선물로 왔어

하얀 별빛 꽃으로 수만 송이
네가 뿜는 꽃과 향기는 산세베리아
혼신의 결정체 별꽃으로

삶의 시간

살았더니 살았더니
한 오백년 살았더니
백년도 못 사는 인생
바램이 너무 길었나 보다

사람은 어디가고
푸른 숲에 부는 바람 되었나
빈 공간 안에
다 못 살고 간 백년이 소복하다

우리네 인생 삶의 시간
백년도 지나가는 바람이고
구운몽도 잠시 세상 꿈이로다

긴 듯한 세월이 한조각 구름인 것을

그대 생각

그대 생각 오래전에 물위에
띄워 보냈는데 수평선 저 끝에서
잔잔한 파도가 쉬임 없이 오듯이

부서진 포말이 모래 속에
스며들 듯이
오늘 그대 생각 그렇게 스며든다

보고 싶은데 곁에 있고 싶은데
시선 안에 없다
찾아가 만날 수 있다면 날아서라도 가리

영원의 약속에서
손 놓은 내 그대
서산에 부는 바람 되었네

기억 저편 내 유년

풀내음이 가득한 봄날
부모님 보고 싶다
있을 수 없는 일이 있었으면
좋겠다
안아 보고
날 부르는 목소리
들을 수 있었으면……

내 옛날 그때
풀잎의 이슬방울 같던
그런 유년이
부모님 품 그 안에서
방글 방글 꽃이 되고
햇볕이 되고
힘든 세상 이길 힘이 되고

자라서 고난이 덮치고
어둠이 앞을 막아
절망했을 때
희망을 잃지 않고
살아올 수 있었던 것도
지금 감사하며
살아갈 수 있는 것도

부모님 은혜
눈부신 사랑
그 안에 있기 때문인 것을
이제야 알았네
부모님 고맙습니다
사랑합니다
보고 싶습니다

정지된 오후

한낮 여름 햇볕이 뜨거워
개미 한 마리도 없다
봄볕에 밭이랑 일궈 푸르름 덮던
손길도 숨결도 없다

하늘과 땅 사이 수목들이 뿜어내는
생명만 가득
오고 가는 바람도 없다

멈춰 선 구름이 졸고 있고
이글거리는 태양빛만 가득해
이 여름을 태우고 있을 뿐

바라보는 눈길도 더워 땀을 흘리고
앞 뒤 동산 숲속에서 더위를 내뿜는
수목향만 가득
자연의 교향곡도 소리 없이 흐른다

낙엽에게

오솔길에 사뿐히
나비춤으로 내려왔다

허상 하나 바람결에 날려 보내고
걷는 이 발 밑에서 노래하네

새롭게 잉태한 나목의 겨울 명상은
인고로 새 생명을 예비한다

이 세상 모든 탄생은 바람처럼
그렇게 오나보다

아침 산책길

해가 산마루에 올라앉기도 전
하늘이 먼저 환한 기쁨으로 맞이하네

비춰드는 찬란함이 아침을 깨우고
이 산뜻한 여명과 함께하고파
숲길을 걷는다

밤새 새들과 잠들고
새벽이슬에 세수한
나뭇잎 반짝이는 눈빛으로 반긴다

이슬 머금은 나뭇잎 풀잎 꽃들
잠에서 덜 깬 새들 노래와 함께
아침을 걷는다

피어오르는 아침 공기와 함께
가슴으로 오는 이 상쾌함 온몸으로
받아 안는다

해설

파란 하늘 풍경에 그린 그림

_채수영

(시인 · 문학비평가 · 문학박사)

파란 하늘 풍경에 그린 그림

채수영(시인 · 문학비평가 · 문학박사)

1. 프롤로그–허기를 채우는 그릇을 위하여

시인이 시를 쓰는 이유는 저마다 다를 것이다. 어떤 시인은 아픔을 위무(慰撫)하기 위해서 또는 삶의 기쁨을 만끽하기 위해서 등등 의도는 다를 것이다. 그러나 공통적인 현상은 정신의 공허 혹은 카타르시스를 위한 의도가 개입될 것이다. 의도는 시인이 시를 창작하는 표상으로 이를 의도적 의미(Intentional meaning) 라 부르고, 작품 속에 반영된 것을 실재적 의미를(actual meaning)라 부르고, 독자가 수용한 의미를 해석적인 의미(signifi-cance)라 부른다. 이는 작품에 반영된 이미지구축을 분석하면서 만나는 현상이다. 어떤 시인이든 이런 경우에서 자유로운 것은 물론 아니다. 첫번째의 문제에서 시인은 어떤 의도를 가지고 표현의 길이 나설 것인가를 궁리할 때 창조의 문법은 독특한 시인만의 개성을 나타내게 된다. 결국, 공복을 채우는 허기의식—이것이 시를 쓰는 결정적인 이유가 될 것이다. 또한, 무엇인가 부재(不在)에 대한 허기이거나 이를 충족하기 위한 보상적인 의미가 시위 길을 재촉하는 이유가 될 수도 있을 것이다. 4부 97편의 시를 점검함으로 조상희의 정신 풍경을 만나볼 계제이다.

2. 이미지구축에 대한 표정 점검

1) 하늘 캔버스

시인의 의식이 지향(志向)공간을 설정할 때 비교적 높이에 가치를 두는 경우가 흔하다. 이는 상승의 이미지가 될 수도 있고 천상의 고귀함을 끌어오는 의도가 앞장선다는 뜻도 첨가된다. 왜냐하면, 아래로의 이미지보다는 높이에 초점을 둘 때 품위를 높이려는 생각은 인간 모두가 갖는 사고의 유형이기 때문이다. 이는 순수예술이 갖는 속성일 수도 있고 범상한 인간 모두가 그런 취향에 가치를 두고 살아가기 때문이다. 가령 '나는 땅이다'의 비유보다 '나는 하늘이다'의 이미지의 차이는 전혀 다른 전달력을 갖고 있기 때문이다. 시 한 편을 옮김으로써 논지를 풀어나간다.

뭉게구름 하늘에
둥실 떠다닌다

두 팔로 안아
가슴에 담고

쏟아지는 햇살 받아
주머니에 넣는다

구름 태양 다 가진
난 파아란 하늘이다

– 「나는 파란 하늘이다」 전문

　조상희의 시 중에서 매우 짧은 단편적인 시이지만 가장 명징
(明澄)한 전달력을 구유(具有)한 소품의 작품이다. 독일인들은
시를 응축(凝縮, Ditung)이라 부른다. 이는 아마도 시를 가장 적
절하게 정의한 말의 하나일 것이다. 언어의 탄력과 포괄성 그
리고 내재된 함축에서 이미지를 팽창하려는 속성을 시는 특성
으로 하기 때문이다. 가령 산문은 항상 묘사와 설명의 장황성
을 갖지만 시는 모든 것을 버리고 오로지 이미지만을 건져 올
리는 것 때문에 시는 기호와 같거나 혹은 상징의 지시 속에서
시만의 자유를 풀어나가는 이유이기 때문이다. 시적 화자 나는
곧 파란 하늘이 등가(等價)를 이룬 캔버스에 '뭉게구름'이 떠다

니고, 그 구름을 두 팔로 안아 가슴에 담고, 햇살을 받아 주머니에 넣은 행위의 단순성에서 조상희의 정신 구도는 아름다움을 끌어내는 탁월성을 보이는 시이다. 구름과 태양이라는 단 두 개의 시어를 화면에 그리는 아주 단순하지만, 그 속에 담긴 치밀성 그리고 명료성은 곧 시의 신선미를 그림으로 표현하는 특징을 소화했기 때문이다.

그림을 그리는 화가는 캔버스에 구성의 요건은 단순성에서 의미의 다양성을 갖는 것이 요체이다. 이것저것을 많이 넣는다 해서 좋은 그림이 아니기 때문이다. 예를 들면 추사의 세한도는 곧 제주도에서의 적거(謫居)생활을 나타낸 추사 자신의 표현이다. 외롭다는 의미를 건져 올리는 암시는 오로지 부러진 잣나무에서 느낄 수 있을 뿐 오로지 보여주는 간결성에서 가치를 득(得)한 것이다. 이런 예는 고흐의 구두(농부) 또한 같은 예이다.

2) 그리움의 표정

인간은 생래적으로 미지(未知)를 그리워하는 혹은 인연의 줄기를 잊지 못하는 그리움의 정서가 다분하다. 아마도 한국문학의 평행이론에서 가장 흔한 것이 사랑과 그리움 그리고 고향 정서, 부모, 강 바다와 자연 정서가 대종을 이룬다. 이는 거의 보편적인 현상이지만 삶의 일단이면서 존재한 자의 특징이 담기는 이미지가 그리움과 사랑일 것이다.

시는 본질적으로 슈클로프스키의 낯설게 하기의 전형이 비유라는 장치를 통해서 나타난다. 다시 말해서 직접적으로 감정을 전달하는 것이 아니라 비유의 옷을 입혀서 전혀 다른 느낌으로 보이는 기교가 은유나 상징 혹은 인유, 패러디 등 다양한 기교를 동원한다.

　채워지지 않은 허전함
　마음은 비어있는데
　그리움이 들어와 앉네

　늦가을 구름 한 점 가슴속에 있는 듯
　바람이 쓸고 간 뒤의
　스산함 같은 것

　– 「사명」 중에서

　그리움을 유발하는 조건은 여러 가지가 있을 것이다. 채우는 것보다는 오히려 비어있는 것 혹은 부재(不在)의 상태에서 오는 느낌이 면면으로 이어질 때 허전을 메우는 심리적인 공허 현상이 다가온다. 이런 현상이 곧 그리움의 원인을 제공하는 일이라면 채움을 반복하지만, 끝까지 베어진 반복행위 마치 콩쥐의 슬픔– 빈 독에 채워야 하는 아픔일 수도 있을 것이다. 그러나 두꺼비의 구원은 어떤 경우에도 존재하지 않을 때, 콩쥐의 비극은 반복이라는 시시포스의 신화에 닿게 된다. 다시 한 편의 시를 인용한다.

그리움이 덫이 되어
잊어야 할 것이 잊혀지지 않아

세월이 줄달음쳐 가도
지난날의 한 컷은 그 자리에 있네

나를 보고 되살아나
아픔 속으로 끌고 간다
삶이 입은 한 겹 옷 일뿐일 텐데

사람이 얼마나 불완전한
인연으로 만나
사랑하며 아픔 안고 사는지

미움이 사라지고 그리움 되어 손잡고
노을 속으로 녹아 든다

– 「덫」 중에서

덫에 걸린다는 말이 있다. 덫은 올무, 함정, 올가미 등 짐승이
나 새를 잡는 도구의 일종이지만 비유로 쓰일 때 인간이 어떤 상
태에서 벗어나기 힘겨운 의미를 갖는다. 조상희 시인은 보이지
않는 덫에 걸려 있다. 이는 그리움이라는 미지의 대상에 나포된
상태에서 벗어 날 수 없는 처지를 암시하지만, 흔히 그리움은 사

랑의 전조현상을 수반하기도 한다. 이는 잊혀지지 않는 감정의 포로임을 고백하는 시인의 처지는 '지난날'의 어떤 인자(因子)가 작동되는 느낌을 준다. 이는 아픔으로 끌고 가는 통증을 유발하고 미움이 도를 높여 증오로 돌아서는 것도 따지고 보면 그리움의 앞과 뒤와 같은 뜻—'미움이 사라지고 그리움 되어 손잡고'의 사랑이 앞장서는 생각으로 바뀌는 이유를 보면 뜻이 명확해진다.

3) 삶의 그물에 갇힌 표정

인간은 어찌 보면 그물에 갇힌 물고기와 유사할 것이다. 다시 말해서 삶이라는 그물에 잡혀서 저마다의 다른 표정을 관리하면서 때로는 웃고 더러는 울고 혹은 찡그리고 등등의 표정이 연출된다. 아마도 신이 하늘에서 내려다보면 그 표정의 다양성은 가히 현란한 무대의 연출일 것이다. 왜냐하면, 존재는 살아야 하고 이 같은 삶의 길이 저마다 다른 데서 삶이라는 표제(標題)는 길을 만들고 있기 때문이다. 인간은 그물에 걸린 존재 그 이하도 이상도 아닌 데서 삶에의 길이 열리고 있음을 대입하면 개성에 따라 다른 연기가 펼쳐진다. 「삶」, 「편한 찻집」, 「삶의 시간」, 「상실의 시대」 등은 그런 광경을 목도(目睹)하게 된다.

질펀한 바닥에
보자기 펴고
하루를
주워 담는 사람아

(중략)

하루 하루 줍다 보니
머리에 서리 내리고
빛나는 계획도 소리 없이
멀리 떠나고

(중략)

손끝에서 떨어진 내혼의 분신들이
별이 되어
삶에 가득한 빛으로 채워
어제 일을 접고
오늘 또 하루를 줍는다

– 「삶」 중에서

　삶이라는 비유를 '보자기'로 상징된다. 그 보자기에 온갖 것들이 담기고 또 비워지는 반복의 일들이 계속된다. 행복한 날도 있었고 또 불행한 날도 나타날 때 보자기의 역할은 묵묵했고 그런 사이에 머리에 서리가 내리고 또 빛나는 것들도 소리 없이 사라진다. 상처가 후벼 팔 때 신음이 망가지기도 했고 고운 노을에 채색된 그림이 되기도 했다. 이런 변화의 풍경 속에 더러는 별이 되어 하늘로 빛이 되었으니 하루는 결국 반복 속에서 의미를 건져 올리는 낚시질은 반복으로 일상이 된다. 이를 벗어나는 존재는 없다. 어떤 형태이든 보자기 속에서 무언가를 만들고 지우는 일이 삶이라는 그릇의 소임이기 때문이다.

「편한 찻집」에서는 도시에서 흔하게 볼 수 있는 대낮의 풍경-나이 지긋한 여인들이 찻집에 모여 주위를 아랑곳하지 않고 떠들고 웃고 자랑하고 시간을 이끌어 한 잔의 찻잔 속에 펼쳐지는 모습이 오늘의 나이든 주부들의 풍경이 그려졌다. 그렇다면 삶이란 반복의 되풀이가 무엇을 채우는 일인가에 의문을 던진다. 「상실의 시대」에서는 '잃어버리고도 잃은 줄도 모르고'나 '항거할 수도 없는' 정체 절명의 한계상황이 연출되거나 '멍하니 창밖의 세계에 시선이 가거나' 동공(瞳孔)이 풀린 시대적인 곤고(困苦)함이 오늘의 삶의 현장이다. 때문에 허무는 삶의 본질이고 이를 벗어나는 방법은 어디에서도 찾을 수 없는 마치 일정한 세계에서 벗어날 수 없는 존재를 철학자 비트겐슈타인이 비유로든 〈파리 잡는 항아리〉와 같은 신세가 인간의 존재론의 본질이다. 항아리에 들어가면 나올 수 있는 길이 없이 듯 인간 또한 이 세상에 오면 지구를 벗어나는 자의적(恣意的)인 선택이란 없는 것이다.

우리네 인생 삶의 시간
백년도 지나가는 바람이고
구운몽도 잠시 세상 꿈이로다

긴 듯한 세월이 한조각 구름인 것을

– 「삶의 시간」 중에서

위의 시를 간단히 줄이면 '인생의 시간은 한 조각구름'이라는 말로 좁혀진다. 생의 알맹이가 무엇인가 있는 듯이 여겨지지만 결국 아무것도 없는 허무 이외에는 다른 것이 없다. 공자가 말한 천상(川上)의 탄식(歎息)이고 예수가 말한 Vanity라는 말이 전부인 것이다. 결국, 허무가 본질임을 알 때 인간은 지혜의 숲을 만들고 거기 안식을 위한 거처를 마련하는 것이 삶의 일환일 것이다. 조상희의 시는 이런 점에서 생의 조종이 비교적 원숙함을 내세울 수 있을 것 같다.

4) 이별 줍기

회자정리(會者定離)라 말하고 이별은 항상 찾아온다. 만남은 이별의 문이 열리는 것이고 이별은 다시 긴 기다림의 등성이에서 대기 상태로 머물러 있다. 피할 방법은 요원하고 어떤 수단도 강구(講究)할 수 없을 때, 절망의 심연은 크게 입을 벌리고 있다.

삶은 거리(距離)의 문제 앞에 있다. 다시 말해서 사는 일은 어떤 대상과 목적에 가까이 가느냐 혹은 얼마나 멀리 떨어질 것인가의 문제조정에 있다. 문제는 시인이 감정의 양식화하는 데서 얼마나 억제하느냐의 훈련이 전제되어야 한다. 이별이 막상 찾아왔을 때 어떤 반응인가의 태도는 이별의 속성을 구분하는 계기가 될 수 있다는 뜻이다. 두 가지의 상정(想定)이 가능하다. 첫째는 만남의 전제를 희망으로 삼는 경우이고 또 하나는 희망이 없는 이별이 있음이다. 조상희의 시에는 후자가 당연한 것 같지만 희망을 심는 방법이 약간 다르다

삼년 전 멀리 여행을 떠난 남동생이
넓은 선인장 화분 한 귀퉁이
수박씨를 심어 놓은 것이 싹이 났다

흙을 파고 계란을 깨뜨려 묻은 곳에
물을 주었더니
곁가지가 새로 나와 쑥쑥 자라났다

뾰족한 선인장 가시 곁에서도
날마다 무리 져 푸르러 가는 모습
보고 싶은 동생 본 듯하다

이제는 차마 전할 수도 없는 정
날마다 넝쿨 줄기 타고 오르며
파란 새순으로 돋고 있다

　－「흔적」 전문

아마도 동생이 세상을 떠난 것 같다. 그러나 비극미나 훌쩍거

리는 질척함이나 흐물거리는 아픔의 호소가 아닌 절제의 방법이 교묘하다. 정작 동생은 없지만, 그 동생이 심고 떠난 −우연히 떨어뜨린 수박씨에서 싹이 나오는 환생− 선인장과 수박이 공생하는 현상을 바라보는 누이의 눈에는 눈물이 앞서겠지만 그런 풀어진 사고를 접고 '날마다 넝쿨 줄기 타고 오르며/ 파란 새순으로 돋고 있다'에서 동생은 다시 새로운 모습으로 다가선 기쁨이다. 이는 절제의 언어 탄력을 준다. 다시 말해서 언어의 심장에 긴장을 팽팽하게 조이므로 인해 의미가 튕겨 나오는 탄력을 볼 수 있다는 점에서 안도감을 준다 「보고픔」도 동생의 그리움을 애절함으로 나타냈고 , 「내 님」이나 「그대 생각」 또한 이별이 그림을 그리고 있다.

그대 오시려나
그대 찾는 마음 아시고
날 찾아오시려나

생각 않으려 했는데
다시 볼 수 없어서
때론 다 잊었는데

이렇게 문득 생각납니다
잊을 수 없다는 걸 알면서도
속속들이 다 잊으려 했는데

언젠가는 만날까
여정이 끝나면 그때
머리 하얀 주름진 날 알아보려는지

　－「내 님」 전문

　슬픔은 강물을 타고 어느 순간에 찾아온다. 슬픔이기 때문에 때로는 흘러넘치는 물살도 덮치기도 하고 더러는 스미듯 찾아와 온몸을 나른하게 적시는 아픔의 진원이 되기도 한다. 이는 이별의 고통이 가슴을 후벼팔 때, 이를 참아야 하는 고통은 이별이라는 이름이 주는 슬픔이기에 가슴에서 떠나지 못하는 낯선 손님인 셈이다. '때론 다 잊었는데'의 애절함이 앞장서 길을 다가오는 소리에 시인의 마음은 불안의 상태인 다 잊음이 잊음이 아니고 영원히 떠나지 않는 그림자라는데 피할 수 없는 존재의 모습이다. 그리하여 '여정이 끝나면 그때 머리 하얀 주름진 날 알아보려는지'의 처절한 고백이 아픔의 농도와 어울리는 비극이다. 물론 시적 내용만으로는 어찌해서라는 말이 생략되었다. 그러나 시는 설명이나 묘사가 아니고 다만 보여주는 상황의 전달에 국한된다. 이것이 시의 특성이기 때문이다. 그것도 비유의 시작 장치를 동원할 때, 더욱 명료한 특성이 나타나기 때문이다. 그런 점에서 조시인의 시는 스미듯 다가오는 절제미가 빛난다.

옹달샘에 별이 가득 쏟아져
퍼다가 집 앞에 깔았습니다
우리 님 날 찾아오다가
행여 길 잃을까봐

아카시아 꽃
줄기줄기 꺾어다
달빛에 별빛에 걸어두고
그대 마중합니다

식탁에 마주앉아
그대 눈동자 속에 내가 있고.
내 눈동자 속에 그대 있었으면……
보슬한 숨소리 영원히 함께하고

그동안 가슴 속에
묻어둔
하지 못한 말
꽃잎으로 풀어 놓으리
그대 없어서 가지 못한 곳

어디든 길 떠나자
우린
시간을 가는 나그네

그 끝에서 그대와 나 안아보자

그대가 많이 생각난다
따뜻한 웃음 여행 좋아하는 거
칭찬해주면 우쭐하는 거
좋은 점 더 많은 멋진 내 신랑

내 사랑 한가득 담아
별꽃으로 엮어드리리
영원의 내 보고픈
그대에게

- 「님이시여」

긴 시의 내용 전문을 옮긴 이유는 임의 부재가 시인에게 통증
으로 어떤 작용을 하는가의 속내를 짐작할 수 있는 글이기 때문
이다. 1연은 사뭇 그리움의 통절함이 있지만 담담하다. 다시 말
해서 옹달샘에 떨어진 '별들을 퍼다가 집 앞에 깔았습니다'에서
사랑의 깊이가 느껴지고 슬픔의 길이 한층 고담(孤潭)함을 느끼
면서도 상큼함을 갖게 한다. 이는 옹달샘과 별의 상관이 매우 인
상적인 자극을 주기 때문이다. 이는 1연에서 시의 전체를 이끌
어나가는 어떤 에너지를 조용히 보여주는 기법인 셈이다. 2연
은 아카시아 꽃을 꺾어서―이는 필연적으로 향기가 따라오기 때
문에 꽃의 화사함과 향기의 조화는 더욱 고급한 인식을 심는다.

더구나 별빛과 연결될 때, 임의 자취는 어느덧 가슴에 가득한 향기로 차오르는 그리움이 일렁인다. 조상희의 시의 품위는 이렇게 길을 요란스럽지 않게 혹은 조용하게 향기처럼 다가온다. 더불어 묻어둔 말들을 '꽃잎으로 풀어놓으리'의 절제미는 한층 고양(高揚)된 경지를 방문하는 즐거움이 있다. 그것이 언제일지 모를지라도 그런 기다림의 나무를 심는 마음처럼 운명적인 시인의 임무로 보인다.

보고 싶은데 곁에 있고 싶은데
시선 안에 없다
찾아가 만날 수 있다면 날아서라도 가리

영원의 약속에서
손 놓은 내 그대
서산에 부는 바람 되었네

– 「그대 생각」 중에서

'보고 싶은데, 곁에 있고 싶은데'의 소망을 하늘로 보내는 시인의 마음은 직접적이 아니라 결국 방법을 찾는 중에 '손 놓은 그대/서산에 부는 바람 되었네'의 바람에 의해 시인의 뜻은 한층 아픔을 더하는 방법으로 허무를 자극하고 있다. 「그대 생각」은 언제나 떠날 줄 모르는 이유–바람을 부르면 언제라도 달려

올 것이라는 추정을 하면 시적 편법은 기묘한 발상으로 자극 아닌 자극을 전달하기 때문에 깊은 인상을 부풀린다.

5) 부모의 추억 잡기

부모는 나의 또 다른 표정이기 때문에 가깝고 친근하고 포근한 안식의 최종 종착지가 아버지요 어머니라는 이름이다. 조상희의 부모에는 어머니보다 아버지가 더 많은 느낌이다. 이는 어떤 영향력을 가졌는가의 여부에 따라 시어(詩語) 출몰의 빈도가 드러난다. 물론 시어의 빈도가 많다는 경중(輕重)으로 따지는 것은 결코 아닐 것이다. 「아버지」, 「엄마」, 「보고 싶은 부모님」, 「아버지 · 2」 등은 부모의 정감이 절절하게 묻어 있다.

인간은 수구초심(首丘初心)의 본질에 지향한다. 낳았고, 키웠고, 끝없이 지켜보는 부모의 마음은 정작 자식이 부모가 되어서 더욱 애달픈 정으로 부모의 정을 그리워한다. 이런 평행이론은 어느 시인에게나 동일한 현상일 때 한국인의 정서가 평균치로 배열된다.

붉게 타는 저녁노을이

하늘을 물들이네

서산에 지는 해 서럽도록 아름다워

시선을 붙들어 놓아주지 않네

백조의 날개로 여울져 오는 그리움
노을을 덮어 온다
커다란 가슴으로 가족을 보듬노라
날갯짓을 쉬지 않으셨을 아버지

지금은 고단한 생각 놓고 계실까
놓지 못하시는 자식들을 품고 계실
그리운 아버지의 심중되어
내 가슴에 아린 아픔으로 젖어온다

(중략)

이생의 삶이 끝나면 바람같이 날아가서
그립고 보고 싶은 아버지
엎드려 뵙겠습니다
뵙겠습니다

– 「아버지」 중에서

이미지는 시의 원천이다. 또한, 장식용으로 쓰임이 아닌 점-
엘리어트는 현실에 질서를 부여하는 것으로 정리한 것도 감정
의 과도한 사용을 억제할 것을 주문한다. 이는 부재의 부모를 생
각하면 넘치는 격정이거나 과도한 감정의 표출이 있을 수 있지
만 적당한 선에서 이미지만을 건져 올리는 것은 드라이함이 아

니라 생동감을 부추기는 방법을 위함이라는 전제에서 시는 항상 엄정한 질서의 세계에 논리적이라야 한다는 뜻이다. 왜냐하면 '시는 과학이다'는 말은 정치(精緻)한 언어 구조를 요한다는 뜻에서 그렇다. 아무튼, 조상희의 「아버지」는 첫 줄에서 '붉게 타는 저녁노을이'에서 노을의 붉은 색채 이미지가 아름다움을 강조하고 이런 경치의 배경에는 시인의 마음이 붉음과 상관을 가질 때, 얼마나 깊은 상실이 자리한 가를 가늠하게 한다. '백조'의 나래를 타고 오는 환상은 그리움을 더욱 고조시키는 기교로 작동된다. 식솔(食率)들을 위해 끝없는 날갯짓을 하셨던 회상에서 시인은 피눈물로 위로의 길을 모색하는 효심이 애잔하다. 때문에 '뵙겠습니다/ 뵙겠습니다'의 반복은 그만큼 깊은 애정의 표출이라는데 이론이 없다

황량한 곳 바람소리뿐
엄마는 땅 속 깊은 곳에 누우셔서
덮은 흙이 무거워서
일어나지도 못 하시고
바람 되어 그 품으로 감싸 품어 주심니다

　－ 「엄마」 중에서

　어머니는 항상 자식 편이다. 아무리 엄한 어머니라도 자식을 이해하고 덮어주고 또 감싸주는 조건 없는 사랑의 묵시록은 영

원히 자식들을 위한 헌신일 뿐이다. 영원한 희생의 가치는 결국 자식을 위한 에너지가 될 때, 그 에너지를 받아 더 큰 에너지로 성장하는 동력을 갖는 것이 모정의 사랑이다. 헤아림이 없고 헌신의 사랑이 곧 어머니의 삶이기 때문에 그립고 다가가고 싶은 정감이 전부인 사랑의 화신인 어머니의 이름이다.

3. 에필로그–감정의 강물에는

조상희 시인의 시는 섬세한 언어 마티에르와 표현의 기교가 담담하고 순박하다. 물론 현란한 언어 치장이 없다 해도 이미지 전달의 묘미는 충분한 지고(至高)성을 담고 있어 넉넉함이 인상적이다. E.Steiger가 말한 것처럼 '서정적인 표현은 우리의 마음을 부드럽게 한다'는 말을 대입하면 조상희의 시는 거기에 적합해진다.

그리움은 가슴에 담겨진 물기 어린 정서의 물살이고 이 물살은 독자의 가슴으로 전달될 때 갈래 많은 시원한 물줄기를 전달한다. 아울러 부재(不在)에 대한 채움이 없을 때, 허무를 키우는 정서도 사실이다. 삶의 태도는 견고하고 헤쳐가는 세상의 깊이에 절망의 탄식이 아니고 희망을 위한 노래가 울림을 준다. 이별은 조상희의 시에 중요 인자(因子)로 작동되는 것은 가까운 체온에서 멀어진 사람들의 부재가 밀려오는 아픔의 소화 방법일 때 애절성을 갖게 된다. 이 모든 것을 정리하면 조상희의 시는 건강하고 담백한 맛깔이 인상적인 시(詩)이자 그런 시인이다.

내 혼을 사르는 불꽃

조춘화(조상희) 지음

발 행 처 · 도서출판 청어
발 행 인 · 이영철
영   업 · 이동호
홍   보 · 천성래
기   획 · 남기환
편   집 · 방세화
디 자 인 · 이수빈 | 김영은
제작이사 · 공병한
인   쇄 · 두리터

등   록 · 1999년 5월 3일
(제1999-000063호)

1판 1쇄 인쇄 · 2020년 1월 1일
1판 1쇄 발행 · 2020년 1월 5일

주소 · 서울특별시 서초구 남부순환로 364길 8-15 동일빌딩 2층
대표전화 · 02-586-0477
팩시밀리 · 0303-0942-0478

홈페이지 · www.chungeobook.com
E-mail · ppi20@hanmail.net
ISBN · 979-11-5860-694-7(03810)

이 도서의 국립중앙도서관 출판시도서목록(CIP)은 서지정보유통지원시스템 홈페이지
(http://seoji.nl.go.kr)와 국가자료공동목록시스템(http://www.nl.go.kr/kolisnet)
에서 이용하실 수 있습니다.(CIP제어번호: CIP2019037528)